욕심을
버리려는 욕심

욕심을
버리려는
욕심

초판 1쇄 발행 2024. 4. 18.

지은이 민우기
펴낸이 김병호
펴낸곳 주식회사 바른북스

편집진행 박하연
디자인 김민지

등록 2019년 4월 3일 제2019-000040호
주소 서울시 성동구 연무장5길 9-16, 301호 (성수동2가, 블루스톤타워)
대표전화 070-7857-9719 | **경영지원** 02-3409-9719 | **팩스** 070-7610-9820

•바른북스는 여러분의 다양한 아이디어와 원고 투고를 설레는 마음으로 기다리고 있습니다.

이메일 barunbooks21@naver.com | **원고투고** barunbooks21@naver.com
홈페이지 www.barunbooks.com | **공식 블로그** blog.naver.com/barunbooks7
공식 포스트 post.naver.com/barunbooks7 | **페이스북** facebook.com/barunbooks7

ⓒ 민우기, 2024
ISBN 979-11-93879-72-6 03810

욕심을
버리려는 욕심

민 우 기
시 집

바른북스

작은 샘에서 비롯한 시냇물이 이제 막 들판에 들어섭니다. 너비도 커지고 흐름도 제법 느릿해졌습니다. 골짜기를 돌아설 때에는 여울도 없지 않았습니다. 그래도 송사리나 올챙이는 품을 만했습니다. 큰바람이 불던 날, 그 매서움에 눈물을 흘리기도 했습니다. 그러면서도 바람을 등지고, 살얼음 안에서도 그 작은 것들을 키워 냈습니다. 그렇게 한 갑자를 훌쩍 넘겼습니다. 참 꾸준히 흘러왔습니다.

큰 인물들은 금강석처럼 살다 가겠지만, 소소한 삶에서도 옥돌 몇 개는 찾아볼 수 있을지요. 물속에서 반짝이는 돌 하나 들어 올립니다. 탄성을 지릅니다. 흔한 조약돌일 수도 있겠습니다. 내 눈엔 옥돌입니다. 그렇게 하나둘 모아 나갔습니다. 그리고 이제 실로 꿰어 냅니다.

나는 시인이 아닙니다. 글 쓰는 사람은커녕, 제대로 글 읽는 사람도 되지 못했습니다. 게으름 탓입니다. 더 늦기 전에, 게으름의 더께를 손으로 훑고 입으로 훅훅 불어 냅니다. 싹눈을 틔웁니다. 코를 가까이 대고 문향합니다. 그러면서 세상을 만나고, 세상을 건너는 나를 만납니다.

욕심을 버립니다. 그래도 늘 욕심은 남습니다. 그렇습니다. 욕심을 버리고 살겠다는 것도 욕심이란 것을 압니다. 그래서 나는 시인입니다.

차례

지은이의 말

I

15   입춘

16   자체 모자이크

18   나무

19   바른길

20   눈

22   나들이하기

23   청개구리 합창

24   몽촌토성

26   겨울 나뭇잎

27   우화등선(羽化登蟬)

28   난 알아요

29   대나무 숲의 이발사

30   슬기인간?

32   봄 마중

33   CONVIVIO

34 까치

36 까치2

38 어미소리[母音]

39 벌초

40 슬견설

42 난

44 산책길

II

47 다비드의 탄생

48 송사리·백로·길손

50 과욕

52 걱정

53 독야청청이라지만

54 꽃잎 침노

55 연리지

56 민들레 솜씨

58 배추흰나비

60 능소화의 변명

62 유전(流轉)

63 조소(彫塑)

64 바람-개비-놀이

65 태릉입구역을 지나며

66 어린이보호구역

68   언니와 막걸리

70   공덕비

72   레미니스와 주택 공사

74   자귀나무의 노래

76   벚꽃

78   초이리 길

80   뿌리

III

83 참새

84 새순 맞이

86 통시적 관점

88 거미집

89 귀소

90 태양의 도시

92 가을비

93 방아다리길

94 흙빛

95 인연

96 내 귀에 재즈

98 엎힘의 미학

100 반딧불

101 숨은 그림 찾기

102 송인

104 데칼코마니

106 푸른 꿈

108 태풍, 지나가다

110 지지 않는 꽃은 행복할까

112 장미 축제

specially

115 아름다운 약속

I

입춘

아시지요? 워낙 경우에 밝은 분이시니.
당신이 노상 나를 웃게 한 건 아니랍니다.
외려 한숨짓게 하신 날이 더 많을걸요.
매몰차게 내치신 적은 또 없었나요.
그러실 때마다 내 가슴에 패곤 한
상처, 남부끄러워 덮누르고 살았죠.

오늘 용기 내 손을 가만 떼어 봅니다.
아, 언제 들어앉았을까? 괭이밥 씨앗.
아직은 까맣게 숨죽이고 있지만,
연둣잎에 노란 꽃 꿈을 꾸겠죠.

팔짱 끼고 앉아 꾸벅꾸벅 졸던 당신
이젠 툭툭 자리 털고 일어서신다기에.

자체 모자이크

이름이 어떻게 되십니까?
어디 사세요? 혹시 이웃인가요?
하시는 일은요?
요즘 행복하게 지내세요?

그런데,
사람이세요?

나무

나무는 죽을 때 괴로워할까?
아니다.

가지가 꺾이면 아파하고
바람에 쓸리면 힘들어 하고
추위에는 덜덜 떨어야 하는데,
나무는 내게 항상 즐겁다.

나무가 죽으면 …… 아파할까?
그렇다.

바른길

길 좀 여쭙겠습니다.
이 길 따라 똑바로 쭈욱 가야 할까요?
… 아닐세.

그럼 이 길 따라 똑바로 쭈욱 가지
말아야 할까요?
… 아닐세.

눈

너무 빠르지 않게
직선으로
머뭇거리지 않고
흔들리면서

너무 빠르지 않게

직선으로

머뭇거리지 않고

흔들리면서

나들이하기

-좋았던 날

오늘도
하늘 높음,
맑음, 푸름.
바람 상쾌함.

-좋은 날

오늘은
미세먼지(PM$_{10}$) $3\mu g/m^3$,
초미세먼지(PM$_{2.5}$) $2\mu g/m^3$,
오존(O$_3$) 0.01ppm.

청개구리 합창

밖에 비가 오시느냐.
네, 비가 와요.

비가 오**시**느냐 말이다.
비가 온다니까요.

아니, 비가 오시느냐 물었다.
와요 글쎄.
와요 글쎄, 와요 글쎄,

와글,와글,와글,와글,와글……

몽촌토성

한성백제 적 사내아낙과 식솔을 지켰던

곰말 언덕으로 소나무 숲을 지켜온

도시민들의 허벅다리를 지키는

겨울 나뭇잎

팔랑팔랑 흩날리기도
핑그르르 돌며 내려오기도
한층한층 허공을 허물어 내기도
툭! 하기도
연 못 끊고 가지 끝에서 계절을 오롯이 떨고 있기도
한

한창때의 흔적들.

우화등선(羽化登蟬)

굳이 땅속 깊이 기어들어 가야
일곱 해 어둠을 견딜 수 있다.
이제 여름 햇볕 오래도록 즐겨야지.
허황된 꿈을 좇아
날개돋이를 끝낸 자국.

생물학자가 가리키는 손끝에
처음으로 매미 허물이 있다.

난 알아요

이 밤이 흐르고 흐르면
누군가가 나를 떠나 버려야 한다는
그 사실을,
그 아이들은 이미 알고 있었다.
지금 다시 사랑하기엔
너무 늦어 버렸다는 것마저도.

우리는 모두 알고 있다.

대나무 숲의 이발사[*]

임금님 귀가
당나귀 귀면 좀 어떤가.

하긴
임금님 귀가
당나귀 귀라 말 못 하면 또 어떤가요.

실로 오랜만에 벗어보는 관.
의자에 등을 기대니
스르르 눈이 다 감기네그려.

(정신 집중)
오늘따라 사각사각
가위질이 미끄러져 가네요.

---

* 복두장(幞頭匠)이라 전해지기도 한다.

슬기인간?

밤 11시 58분 43초에 태어나

지구 위에서 셀 수 없이

멸멸, 명멸, 명 멸…… 명멸

하였어도

늘잡아 이제 겨우 사백만 살.

아직 옹알이나 할 나이……

* 김영원, 길(1988)

봄 마중

아직 남은눈 녹이는 볕을
나뭇가지 물고 까치가 가른다.

꽃눈 볼록해진 목련 그 아래 벤치에서
연녹색 웃음들이 어울려 날아오른다.

CONVIVIO

함께 살아가자 아무리 다그쳤어도
그들의 말로 그들끼리 부딪치는 술잔.

함께 살아가요 노래하지 않았어도
우리는 서로 맞대고 지내는 소안(笑顔).

왕관을 쓴 자는 긴 칼을 차고
그대들만의 권좌나 다투라.

냉이를 캐는 이는 바구니를 들고
봄볕 가득한 들판을 노래하리라.

까치

까치, 까치, 까치,
까치, 까치,
까치.

주둥이 속마다 풀씨 하나씩.

까치 까치 까치 까치 까치 까치

까치2

깍깍 우니 우리는 까치다.
까각 까가각 지저귀니
난 까치가 아니다.
그래, 나도 아니다.

깐채이다, 까차구다, 까칭이다,
깐치다, 깐채다,
간치다.

깐채이다
까차구다   까칭이다
깐치다 깐채다
깐치다

어미소리[母音]

가락지 셋을 꿈으로 얻어,
나의 가장 깊은 곳서 키우다.

다사한 아랫간 포대기에 새근새근
품에 안고 젖 먹일 제 옹알옹알
어우하 둥둥 어르니 까르르.

귀히 키운 아기 이내 품 떠나게 되면,
한결같이 너른 바다이기를.
보름 오면 둥그는 달월도 되고,
애야, 얼켜설켜 어울려 등꽃 향 펼쳐 보렴.

이 어미 늘 기대어 또 받치어 줄 터이니,
구실 다하여 너희 뜻을 사무치려무나.

벌초

대서 큰더위 그 뙤약볕 받아가며 벌초라니
자네 참 효자일세.

망할 망자 개망초 큰 키 일일이 훑어내고
얼키설키 딸기 줄기도 걷어내고
억새 포기 더 억세지기 앞서 뽑아냈지만
땀도 뻘뻘 흘렸지만
저승 가신 부모님께 효자라니 당치 않네.

살아생전에 잘해 드리게.

그러게……
꼭꼭 닫힌 유리창으로 볕도 적당하고 시원한,
내 어머니 하얗게 누워 계신 병상에는
그 흔한 잡초 하나 없이 말끔하다네.
바쁘게 사는 자식들이라, 하여 자주 못 보지만
개똥밭도 아니니 그곳이 좀 더 나으시려나.

슬견설

로맨틱블랑 리넨자수 테이블보에
북유럽 스타일의 접시에
올리브오일 둘러 구워낸 미디엄레어 스테이크.
포크를 들어 우아한 손놀림으로 꾸욱 찍어
꼭 왼손으로 찍어
꼭 오른손에 쥔 나이프로 한 조각 썰어
입을 작게 벌려 한 조각씩 오물오물 먹고 나서
냅킨으로 입 언저리를 닦고 나서.

통통한 노르웨이산 고등어를
후라이판에 노릇노릇 잘 구워서
DHA 가득하고 기름기 좌르르한 고등어구이.
양반은 생선을 뒤집지 않는다지만
젓가락을 서로 부딪쳐 가면서 살점을 떼어 먹고
뒤집어서 또 떼어 먹고 껍질까지 먹고
생선 뼈는 손 빠르게 들어서 발라 먹고 나서
손가락에 남은 비린내는 휴지로 닦고 나서.

좀 휴메인한 방법은 없을까
포이즌으로 쥐를 잡다니.

모기를 때려잡는 것도 아니고
그 귀여운 댕댕이를 잡아먹다니.

난

모래와 잔돌로 그득한
이 외따로운 세상에 심어 두셔도,
당신의 뜻을 높이 읽어냅니다.
난
이따금 무심히 뿌려주는
그 알량한 사랑을 붙들어 두려고,
오늘도 여린 뿌리 굵혀갑니다.

산책길

자드락길 외로 올라 빙 돌아오는 산책
오늘은 문득 시계 방향으로 걸어 보니,
해넘이 둔덕 그림자로 어스레한 날에도
등 뒤엔 꽈릿빛 남은 햇살 비추는 풍경.

아침도 오래지 않아 저녁 온다 하지만,
이 저녁을 견뎌 내 아침을 맞기도 하니,
어깨 움츠리며 멀어지던 뒷모습이
저 아래 삼거리에서 환히 웃고 있는 얼굴.

II

다비드의 탄생

—R*J에게

아침녘 햇살이 가득하여
샛바람 또한 산들하여
하늘 끝 치며 오르는 가지마다
쏟아지는 연둣빛 이파리들.

구불구불 흐르며, 보고 또 들은 것 많아
들판을 적시며, 길러낸 것들도 넘치어
먹을 감기고 물고기를 잡히고 배도 띄우는
강물, 서로부터 흘러온 강물.

밀짚모 벗어 줄땀 닦으오.
손을 들어 꽃을 피우고
팔을 뻗어 감자를 캐며
콧노래도 흥겨운 그대,
미켈란젤로.

송사리·백로·길손

第一者

저 물비늘 너머 동해 바다로 꿈도
물풀 사이로 요리조리 촐랑이며 노는 것도
좋은, 아이의 몫으로
벼락처럼 뾰족한 운명은 아니겠지.

第二者

잿빛이 싫어 흰 깃과 긴 다리라도
그 꿈일랑 잠자리에 놔두고 나선 새벽.
날갯짓 펄럭하여 파란 하늘 휘이 돌고선
곯는 배로 이 저녁을 날 순 없었다.

第三者

길섶엔 소복한 눈, 시냇물도 잔잔한 때,
등짐 내려놓고 발길 좀 쉬었다 가오.

뻐근한 어깨 주무르며 고개 끄덕여지는
바다로 가는 꿈, 그 새벽 찬 공기.

과욕

밤송이는 왜?
숲속 오솔길에 더 많이 떨어져 있을까.

지난여름을 송두리째 잃어버리고
텅 빈 뱃속을 드러낸 채
뒹굴뒹굴……

걱정

어깨에 온갖 짐 얹고
밤새워 혼자 눈물 흘리던
스물셋이

새털 같은 즐거움에
밤 깊어들 가는 줄 모를
서른셋에게

- 진 데를 디딜세라.

독야청청이라지만

바위 험산에도 틈새에 울툭불툭 뿌리를 깊이 박고 서서 뾰족한 여름 햇살을 맞서 찌르던 청록이, 천지에 온통 넓은잎들이 스스로 기운을 떨구던 날 그 스산함도, 모진 바람 가득한 계절마저도 견뎌, 그러니 그다음도 그다음 여름도 그대로 펼치리라던 그 기상이, 볼품없이 누레지기도 한다.
하물며
개나리 몽우리 사이에
어찌 늘 샛바람만 머물다 가랴.

꽃잎 침노

이젠 낡아버린, 가장 현대적이었던 아파트 현관문으로
사월의 꽃잎들이 선뜻 쳐들어왔다.

황사 바람 멈추고 밝은 대낮을 축하하며
흐드러지게 피고 흐드러지게 떨어지는 꽃잎.

봄이다, 봄.
네가 머뭇머뭇하는 사이에
이 계절 가고 여름 온다고.
네가 꾸물꾸물하는 사이에
가을도 달아지나고 겨울 온다고.

꽃잎은 발밑에 밟히면서도
준엄하게 꾸짖는다.
할아버지의 할아버지의 할아버지가
환한 옷 입고 봄에 태어난 손주가 되어
방글방글 웃으며 나무란다.

치우지 말아라, 이 꽃잎, 계절이 다할 때까지.

연리지

잇고 싶어 연리지
잊지 못할 연이지
이든 이는 여리지
있는 참뜻 다하면
그 마음도 열리지

민들레 솜씨

이제 하루나 이틀?

선선히 받아들이던 이슬기가
손등 데우는 햇살로도 마르는
사월, 그 중순쯤,
명주바람이 나를 이끌 때,
날아오르렵니다.

큰언니는 흰옷 즐겨 입었다지만,
노랑 저고리에 연녹색 치마
나도 앙증맞고 참 예뻤는데요,
요 며칠 키만 길쭉해지고
어느새 흰 머리카락,
그마저도 부스스해요.

반짝이는 날들은 적었지만,
괜찮아요.
더 설레게 할 꿈이

백하고도 스물셋, 넷……
한꺼번에 펼치진 않을 거예요.
봄바람이 속살거릴 때마다
깃 하나에 씨앗 하나씩.

어떤 꿈은 시냇가에 밭두둑에
어떤 꿈은 집 귀퉁이에
보도블럭 틈새 할 것 없이,
내 꿈은, 나는
별만큼이나 많아 갈 테니까요.

배추흰나비

짙
붉은 장미 광장을 지나
연노랗게 웃고 있는
유채꽃 위에
네 쪽 시집 한 권.
접으면, 쉼.
펼치면
아직
봄.

능소화의 변명

이깟 담장
한 발 한 발 벋디디어 가면
그 꼭대기쯤 못 오를까.

뭇 손가락질로 시샘 받아도
주황색 꿈 방울방울 내려뜨려
발치에 채송화는 아득히 작다.

하지만 모르지 않는다,
여기가 끝이 아니라는 걸.
해 주변에 구름 흐르고
진눈깨비 흩뿌리기도 하는
더 먼 하늘이 있다는 걸.

톱니 같은 손을 뻗어
바람을 헤집어 본다고 해서
내가 하늘을 업신여긴다고?

웃으며 살고 싶었을 뿐이다.
빛바랜 단청 같은 얼굴로라도
허허 웃을 수 있고 싶을 뿐이다.

유전(流轉)

여섯 살배기.
서울역, 고향 가는 인파 속에서
거센 물살에 그만 손을 놓치고
휩쓸려 어푸어푸 떠내려가던 아이.

보름달이 몇 번 이지러져서야
목포 부두 어느 길거리에서
엄마 손 겨우 잡았다던 그 아이.

굽이굽이 어렵사리 견뎌내고
열 배가 넘게 살아내고, 이젠
못가에 앉아 거벼운 미소로
연꽃 한 송이 피우고 있을는지.
반백은 더 되어 있을 그 어린아이.

조소(彫塑)

뼈대를 얼기설기 엮어
찰흙 같은 욕심
촘촘히 메워 온
한나절을 마무리하고,
저녁 밥상을 마주하자.

풋고추 장을 알맞추 찍어
밥 한술 뜬 뒤
너무 붙여 놓았나 싶은
군것들일랑 깎아 내며,
밤새 고운 꿈을 마련하자.

바람-개비-놀이

바람이 불면
바람개비가 돈다.

바람개비가
바람을 바라지는 않는다.

바람개비를 돌리려
바람이 불지도 않는다.

바람-개비-놀이

바람이 있어야 바람개비다.
바람개비가 있어야 바람개비놀이다.

태릉입구역을 지나며

내달리는 시간을 물끄러미 보는 이
수락에 든든한 바위 같아도,
무덤덤한 얼굴로 드문드문 앉은 이
그 틈에 뿌리한 노송 같아도,

마들에서 탔소.
또는 노원에서 탔소.

저기 큰무덤에 누워 계신 분은
몇 정거장 전.
엄마 젖무덤에 잠들어 계실 분은
몇 정거장 후.

탄 이는 내릴 테요,
내린 이는 또 탈 테요.

어린이보호구역

애들은 무덤 위에서도
미끄럼을 타고,
쏟아지는 웃음 아래
푸릇이 누워 주는 잔디.

토끼풀 꽃 둘씩 엮어
계집애들 팔목에 올라앉고,
엄지 검지 사이에 연신
방아 찧어 방아깨비.

바지에 검불 떼며 내려다보면
교수 주택 지붕들 반듯하고,
그 사이를 빙 돌아 나가는
하얀 포장길.

눈썹차양 하여 멀리 보면
새털구름 붓질한 하늘 아래,
저 다리 건너 바다로 갈까

한강 물결 반짝 뵈는 뒷동산.

언니와 막걸리

언니,
저녁 먹으래.

땅거미처럼 손톱 사이
늘 까매져 들어오던,

머리 위에 눈꽃이
그새 허옇게 피어난,

형님,
한잔합시다.

공덕비

－삼밭나루의 터에서－

이제부터라도
아버지처럼 모시겠소.
팔도에서 가장 좋은 돌을 골라
그 높은 덕 다듬어 아로새기겠소.

머리 조아려 웅얼거리는
내 목소리는 바람에 스러질 터,
남의 나라 말로 새김글 따라
고여 넘치는 눈물은
저 강물처럼 길게 흐를 것이오.

나뒹굴리던 적은 없었던 듯,
늘 그 자리에 앉아 있는 듯,
가을 햇살 무심히 쬐던 노인은
주름 골마다 그늘 가득하여
된바람 매서웠던 그날을 이야기한다.

가르쳐 주지 않으면

아무도 모른다네.

그 강물 이제는 멈추었다는 것을.

종의 눈물 다시 흐를 수 있다는 것을.

레미니스와 주택 공사

뭉개진 밭고랑에 긴 한숨 짓는 이도
차곡차곡 올라가는 꿈이 참 좋은 이도

위하지 않고 뜨는 무지개.

자귀나무의 노래

동지에는 석양도 차군요.
앙상해진 어깨 너머로
골바람이 되우 거칩니다.

오가는 사람 잇달던 언덕
연붉게 채웠어도, 이젠
나를 쳐다보는 이 별로 없죠.

그래요, 들려 드릴게요.
가던 길 멈추어 준 분이시니.
그 맑고 많은 풀벌레 소리
가으내 가지마다 적셔 두었죠.

이파리는 몇 장 남지 않고
씨앗마저도 다 떨구었으니
빈 깍지들 부벼라도 쏟아 낼게요.

차르륵 차르르르

　　　　차르륵……

　　　　　　……차르르르르…

　　차르르륵……

윤기야 그때만은 못해도
나지막이 부드러운 노래,
오늘 밤을 더 길게 보낼 당신께
꼭 들려 드리고 싶어요.

벚꽃

피자마자 지는 꽃이라 하네.
지면서도 피는 꽃이라 하네.

볕이 좋아 꽃잎 열었을 뿐.
바람 따라 또 떨구었을 뿐.

사흘은 눈 속에 가득하고,
닷새는 가슴속에 흩어지고,

손끝에 미처 닿지도 못한 채,
이젠
사진첩에 아렴풋이 남아 있는 너.

초이리 길

게내 사는 남식이가 걷는다.
방잇골 당숙님이 마련해 준
볍씨 종자 망태기는 묵직하고
집으로 가는 발걸음은 가볍다.

감천 따라가다 둑길 벗어나면
포장도 잘된 왕복 십 차선.
녹색불이면 건너가게, 건널목.
한약방 오른편으로 들어서게.

끊길 듯 이어지는 오솔길 가엔
냉이, 민들레 점점이 찍혀 있고,
마을버스 종점에는 편의점 앞,
담배 연기 내뱉는 외국인 노동자.

배다리께 논배미에서 순보네는
못자리 손보는 서방 따라 바쁜데,
낚시터 좌대에 간간이 낚시꾼들

찌는 수면 위에서 앉아 조는 듯.

좌수 댁 선산발치를 돌아서니
카본 자전거를 타고 오는 박 선생,
어이 남식이, 손을 들어 반긴다.
한식날 뿌릴 잔디약 사 갖고 가네.

뿌리

옆으로 뻗어야 하나
아래로 깊여야 되나

하늘만 우러르는 그대
고개 잠시 내리 숙이어

발밑 굳게 받치고 있는
바위에게 물어보게.

III

참새

노란 개나리 꽃 팡, 팡, 팡
그 소리에 깜짝이어
얼기설기 잔가지 밑동으로
밤톨들이 후두두두둑

연녹 바랭이 싹 쏙, 쏙, 쏙
발가락을 간질이어
포근푸근 봄바람 속으로
그 밤톨들 다시 호도도도독

새순 맞이

그대도 먼 별에서더냐.
사뿐히 내려와 내 곁에 앉으라.
가냘픈 가지 위에서라도
따사로워지는 봄볕을 같이하자.

또한 의아해 하지는 말라.
윤기 잦아드는 가랑잎으로
아직 이 가지 위에 남은 것은
그대 올 자리 맡아둔 것이니.

뙤약볕 온몸으로 받아내는 것도
줄기며 뿌리 키워 내는 것도
애벌레를 품어 내는 일마저도
다가올 여름 내 몫이 아닐지니.

이렇듯이 순한 바람이 좋고,
재잘거리는 아이들이 즐겁구나.
그대 곧 온통을 푸르게 할 터,

그때 사뿐히 땅 위에 내려앉으리라.

그곳에서 또 내 별을 꿈꾸리라.

통시적 관점

- 그이들의 몫이어야 할 팔각정 계단에서,
  수천의 바람을 흩트릴 순 없었소이다.
- 인산에 인해 모인 흰옷들이 물결쳤다 합디다.
- 유관순이 내 누나뻘 되나 생각도 했죠.
- 언제 적 일이었어요?
  올해는 쉬는 날이 겹친 게 아쉬워요.
- 셋, 하나, 마디로 해독됨.
  이들 사이의 연관성은 연구 중.

거미집

스스로 만든 집이
스스로 만든 삶터가
스스로를 가둔
감옥이 되어버리고 나서
일탈의 꿈

귀소

둥지를 날아오른 새는
둥지로 돌아가지 않는다.

느린 개천에 발을 담가
물빛을 쪼아 올리다가도

날개를 활짝 펼치면
품 안으로 들어오는 하늘.

까마득한 가지 위에서
내려다보는 품새가 헌헌

해도, 서녘에 서늘바람 불면
어미의 솜깃 새삼 그리울 터.

둥지를 날아오른 새는
둥지에 어느새 돌아와 있다.

태양의 도시

큰길을 걸어가오,
구부정한 허리 꼿꼿이 펴고.
박석이 반듯반듯 깔린 길.
태양 가까이에 짓지 못하여
태양 가깝도록 지은 신전이
그 길 따라 즐비하잖소.

높디높은 돌기둥 사이
넓고 반듯한 유리창마다,
이름에도 걸맞도록
햇살 날아와 박히는구려.
하늘을 떠받드는 장송들은
한 치 그늘마저 용납지 않소.

생기 넘쳐 나는 이 도시에
웃음소리 번져 나가는데,
어휴, 시니어클럽은 웬 말이오.
각주처럼 조그맣게

경로당이라니, 더더욱
당치 않소.

가을비

잘게 흩뿌리는 빗방울 사이로,
변연계 뒤편에 숨어있다가
홀연하게 눈에 뜨인
나비 한 마리.

봄비 그으려 내 우산 속으로,
청밀처럼 귀를 간질이다가
남겨 놓은 향내 옅었던
그 나비.

푸른 날 함께하는 꿈만 남기고
삽시에 스치듯 날아예어서,
이 길 문득 낯설어진
나,
비.

방아다리길

방아다리길은
한길이라 변두리라도
한적하지는 않아요.
화원 앞에 저녁 햇살도
서성이다 가지요.

국화꽃 몽우리들은
화분 가득 연노랗게
웃음을 참고 있네요.
내일 아침 선들바람에
은은히 흩어 내겠죠.

옷자락에 그 화향 날리며
아득한 저 언덕 너머로
내일도 우리 걸어가요.
동으로 남으로
길은 늘 거기 있어요.

흙빛

흙은
봄볕으로 제 살을 쪼아
겨우내 품어둔 빛깔들을
산산이 들들이 흩뿌린다.

연노랗게, 푸르스름하게, 발그레하게, 제비꽃 빛나게.
꽈릿빛으로, 쪽빛으로, 잇다홍으로, 도라지 지치보라로.
감빛으로, 차디찬 바다색으로, 노을빛으로, 벌개미취
연자주로.

온갖 이야기 엮어 가며
흐드러진 향연을 베풀다가,
소슬바람 부는 저녁이 되면
또 미련 없이 하나씩 거둬들인다.

천지에 흩어졌던 오색들이
뒤섞이어 다시 흙으로, 하여
세상 가장 찬란한
흙빛.

인연

고추잠자리 한 마리
하얀 연꽃 위에
다리 모고 앉다.

도르르한 이슬이
쉬이 마르는 아침
얘기꽃이 하늘 끝닿다.

내 귀에 재즈

느릿이 흐르는 미시시피에
물비늘 아직 흔들리는 석양,
현란한 밤거리가 열리면
오늘 하루는 또 어떠했소.

곱슬머리 하얗게 바래
그을은 얼굴 더욱 거메진
사내가 쥔 트럼펫 벨로
투둑투둑 떨어지던 리듬.

웅얼거리는 노래를 싣고,
흐르는 것들을 건너 건너,
대롱 끝에 비눗방울처럼
내 귓전에서 톡 터지오.

또는 안개비 뿌연 창가에
가루 가루 흩뿌려지오.
나그넷길 어디쯤에서

지난 밤 불면을 달래 주오.

엎힘의 미학

눈,
짧게 소리 내어
당신을 바라봅니다.
암전을 틈타
문득 다가오시더니,
갓 앗은 햇솜처럼
내 어깨 위에 앉으셨어요.

눈,
짧게 또 소리 내어
당신이 포근합니다.
지금 계신 그 자리에
돌아날 이 보듬으시니,
짐짓 냉정한 척하셔도
봄바람 이미 배어 있어요.

눈,
길게 탄식하여

당신을 노래합니다.
얹혀 있음만으로도
무대를 하얗게 빛내시니,
비스듬 햇살에 자리 내주어도
당신은 이미 주연이어요.

반딧불

턱없이 이른 장맛비에 큰물이 져
기댈 것 하나 변변찮은 덤불에
절망처럼 떠도는 깊은 어둠만.
꽃다운 열정은 던져 버리고
오롯이 흐릿한 빛일지라도
이 길섶 따라 반짝이며
내내 발걸음 또렷이
이끄신 이여.

숨은 그림 찾기

복수초 활짝 피워 내고서
그 얼굴 매만져 주시는
그이가 당신이라 여겼는데,
구름 뒤에서 웃고 계시네요.

먼 하늘 별빛 너머에서
찬 바람 불어 내는 이가
여전히 당신이라 여겼는데,
갈잎 끝을 매섭게 지나치셔요.

당신은 늘 그러시답니다.
손차양으로 멀리 찾으려 하면
어느새 내 곁에 와 계시죠.

엄하신 듯 푸근하니 되었답니다.
복을 받으려 수를 누리려
당신께 더 다가가진 않을게요.

송인

안개비에 봄풀이 푸르러도
가물어 이 계절이 다하여도
님을 보내는 노래는 늘 슬퍼요.

간밤에 차갑게 돌아선 나를
덤덤히 기다려 주곤 하시던 이,
이젠 어디서도 볼 수가 없네요.

무심한 양 강 건네 드리고 나서
새삼 지난날 뭘 더듬느냐지만,
도섭스러운 마음만 남아 있어요.

그래요, 한숨은 숨겨 두렵니다.
오래도록 고왔고 미웠던 분,
보내 드렸으니 님 뜻대로 하셔요.

내 곁에 있어서 계셨던 분,
떠나시고 나니 안 계십니다.

강물 그저 흐르니 눈물 곧 마르겠죠.

데칼코마니

거기에 계셔 주어서 감사합니다.
더 가까운 곳은 바라지 않아요.

물소리마저 아름다웠던 그날은
몇 줄 편지글에나 적어 둘게요.

황혼과 여명을 이을 수도 있다니,
그 선 따라 반으로 접어볼까요.

같은 계절을 숨 쉰다 하지만,
당신에게는 굿나잇, 내겐 굿모닝.

우리 한생도 반절할 수 있다면,
그날은 이편의 어디쯤일까요.

견주어 언뜻 비슷해 보일지라도,
펼쳐 놓으면 막상 멀리 있어요. 그러니,

오늘 하루도 그저 즐거우시기를.

푸른 꿈

푸른 바다라 하더라.
푸른 하늘 보며, 푸른 언덕에서
뛰어놀다 문득 깨어보니,

물머리 달려와 부서지는 돌섬.
겹겹이 옅어져 가는 먼산주름.
깊은 하늘엔 새하얀 연꽃 네댓 송이.

태풍, 지나가다

이젠 쪼그라든 몰골로
우산살 끝에 걸터앉아
숨 돌리는 나그네여.

퍼덕이는 물고기 떼
거친 파동 그대로 몰아
온 하늘 땅 헤집어 놓고는,

짐짓 순한 웃음으로
남국의 과일 향을
달고 지릿하게 풍기누나.

오른 다리 슬쩍 꼬고
저녁참 즐기고 있어도
툭 떨어질 작은 물방울.

흐르고 흘러 돌아가라,
그 바다, 네 고향.

생채기들 핥고 있는 모습,

그대 어머니께 전하라.

지지 않는 꽃은 행복할까

찰칵, 그리고 안녕.

이 사진 한 장이
다시 만날 증표는 아니어도,
늘 그랬으니 또 오게 되겠지.
그 말씀을 한껏 믿고
현상도 인화도 없이
품고 다닐게요.

안녕? 그리고 찰칵.

장미 축제

내 아름다운 부끄러움으로
드러내어 당신을 부릅니다.

마당 한가득한 웃음에
쉬이 빠지셔도 좋아요.

달콤하게 당신을 살찌울수록
내 얼굴에 고운 빛은 가셔도,

아이들에게 또 오월이 옵니다.
그때도 여기에 피어날게요.

specially

아름다운 약속

내 사랑해 온 이의
사랑하는 이를 맞이하니
이 어찌 사랑스럽지 아니한가.

우리 사랑하는 이가
사랑하게 된 이의 곁에 있으니
그 또한 사랑스러운 일이다.

태곳적부터 빗방울이 스며들어
오늘도 새벽이슬은 또 굴러내려
맑은 기운 가득한 샘.

아,
윗대부터 거듭거듭된 사랑이
솟아나는 오늘, 여기
기꺼이 바라보는 마음들이 더하여
그 사랑은 면면히 이어가리라.

세상에는 별만큼이나 많은 사랑.
산맥 같고 하늘 같은 사랑,
들꽃 같고 소꿉놀이 같은 사랑.

그런 사랑이
오늘 새로이 비롯되리라.

내가 사랑하는 이와
우리가 사랑하게 된 이가
차곡차곡하여 갈 그 사랑으로.

샘물이 시내가 되고 강이 되고
마침내 저 큰 바다로 흘러
넘실넘실거릴 그 사랑으로.